Greenray 1993-2004 在劇場中，看見綠光

綠光劇團十週年　看戲隨筆 10th Anniversary

就是這個光，讓我們繼續待在劇場

李立亨（綠光劇團藝術監督兼團長）

　　一群五年級前中段班的朋友，十年前決定成立一個劇團來演出以「愛」為主軸精神的作品。

　　那時候，有錢人才有辦法拿著「黑金剛」打手機，個人電腦還在「286」的慢速狀態。更別說，「轟趴」還有「網路一夜情」的說法，根本還沒有被發明出來。

　　負責行政統籌與實際團務運作的李永豐，自己經營「紙風車劇團」和兒童劇場的編導工作之餘，還要負責劇團的演員培養與合作藝術家的討論與折衝。當時的經理汪虹，仔仔細細的為劇團的行政業務費心思量。

　　創團的藝術總監羅北安，在美國拿到戲劇碩士之後，硬是繳了大把銀子和三年時光，前往以培養專業演員為目標的「美國戲劇學院」上課和演出。他的學長姊包括了馬龍・白蘭度和梅莉・史翠普。

　　除了這三巨頭之外，具有台灣最有價值創意腦袋的學術交流基金會執行長吳靜吉，又帥又會演戲又得過金馬獎最佳導演的柯一正，後來以電影「臥虎藏龍」製片工作獲得國際肯定的徐立功，一干人等都對這個新劇團，投注他們的專業能力與關心。

　　關於團名，大家很有共識的提出一個說法：「只要心中有愛，就能看到綠光。」同時，綠光要以「開創台灣歌舞劇」，以及「推出原創性作品」為主要創作方向。十年過去，綠光已經在台灣各縣市、新加坡、紐約、北京等地，陸續推出近二十個全新大小製作，演出兩百五十二場，吸引了十八萬六千二百多名觀眾走進劇場。

　　一九九四年，綠光推出歌舞劇「領帶與高跟鞋」，連演連滿二十場。一九九六年，還赴北京參加「第一屆華文戲劇節」，成為

第一個登陸演出的台灣表演團隊。一九九五年，改編自元雜劇的歌舞劇「都是當兵惹的禍」，也是隔二年，又獲邀至國家劇院演出。一九九七年的歌舞劇「結婚？結昏！——辦桌」連演連滿十四場，隔年推出的歌舞劇「領帶與高跟鞋 PARTII——同學會」一樣受到觀眾的熱烈歡迎。

一九九八年，綠光劇團更推出創新新型態之作品「台北秀秀秀」，首創將劇團進駐 PUB 演出歌舞 Talk 秀。隔年，綠光推出千禧年大戲「黑道害我真命苦」，讓觀眾在安全的距離內，偷窺黑道的真面目。

二○○一年，綠光邀請台灣創意界重量級人物吳念真，編導「人間條件」，並在隔年推出「青春小鳥」，持續吸引新舊觀眾走入劇場。前年，「陪你唱歌」將兩岸關係寫入劇場的創舉，更是引起各方的討論。去年，二度、三度推出的「人間條件」，讓綠光得到觀眾更高度的肯定與喜歡。

羅北安說得好：「想要作劇，作好看的戲給觀眾看，也給自己演。」曾經擔任過二年團長的陳希聖，由他製作的電影「一一」、「黑暗之光」和「運轉手之戀」等片得獎無數。「持續在劇場發聲，持續讓觀眾知道綠光就是好戲的代表」則是他的心聲。

去年接任綠光團長的我，在劇場例行演出之外，推出了搬演世界劇場名著的「綠光世界劇場」系列，並策展了來自四個國家由十位劇作家參與的「第一屆台灣國際讀劇節」。十年過去了，綠光劇團還在持續推出以「愛」為精神主軸的劇場作品。

就是這個「光」，讓我們繼續待在劇場。

編劇・導演／羅北安、柯一正　演員／羅北安、唐從聖、單承矩、鍾欣凌、洪敬恆、邱瓊瑤等

1993

寫實的浪漫，歌舞的呈現，從此出發
「站在屋頂上唱歌」

我們演自己的故事，大聲唱歌用力跳舞，
在一種心跳急速，手心微微發汗下鞠躬謝幕。

1993 「站在屋頂上唱歌」

導演／羅北安
演員（1994、1996 版）／郎祖筠、趙自強、李永豐、劉嘉明、單承矩、黃士偉、洪敬恆、馬卿華、邊德音
演員（2001 版）／坣娜、陳希聖、鄧安寧、胡珮璉、羅北安、李明澤、黃心心、鄒宜忠、胡禦之
演員（2003 版）／坣娜、陳希聖、鄧安寧、胡珮璉、羅北安、黃心心、洪敬恆、李明澤、鄒宜忠

1994 都市叢林的愛情與生存法則
歌舞劇「領帶與高跟鞋」

一齣帶動國內歌舞劇製作熱潮及觀賞習慣的精彩演出，
自 1994 年演至 2003 年，足跡遍佈全島、北京、紐約。

1994 歌舞劇「領帶與高跟鞋」

導演／羅北安　演員（1995版）／唐從聖、王玿、李永豐、邱瓊瑤、洪敬恆、劉萬光等
演員（1997版）／李小平、王玿、郎祖明、呂羿慧、單承矩、鍾欣凌、洪敬恆等

1995

通古達今且嗔且嬌的男女情愛喜劇
歌舞劇「都是當兵惹的禍」

當兵不再讓男人色變，女人厭倦，而是充滿奇趣歡樂的劇場之旅。
京劇兩百年來最貼近你的一次經驗，唉！都是綠光惹的禍！

1995 歌舞劇 「都是當兵惹的禍」

導演／羅北安
演員（1997版）／郎祖筠、趙自強、柯一正、李永豐、邱秀敏、王玥、鍾欣凌、林于竣等
演員（1999典藏版）／郎祖筠、劉亮佐、柯一正、陳明章、蔡詩萍、許傑輝、唐從聖、林美秀等

1997 兩代悲歡喜怨與愛情童話
歌舞劇
「結婚？結昏！——辦桌」

兩代悲歡喜怨與愛情童話的現代本土版
青春歲月與柴米油鹽交織成無悔的戀情

1997　歌舞劇「結婚？結昏！
　　　——辦桌」

導演／羅北安
演員／郎祖筠、趙自強、陳希聖、王玨、許傑輝、范瑞君、黃士偉、鍾欣凌

1998 現代都會男女生活悲喜劇
歌舞劇
「領帶與高跟鞋 PARTII
——同學會」

婚姻、感情、外遇與背叛　工作、加班、升遷與鈔票
台北最夜的角落裡　喧鬧著生活的空無與寂寞的慨嘆

1998　歌舞劇
「領帶與高跟鞋 PARTII
　　——同學會」

導演／羅北安　演員／鄧安寧、羅北安、黃韻玲

1998 麻辣嘲諷的現代生活歌舞脫口秀
「綠光 PUB 劇場
——台北秀秀秀」

在 @live Pub，綠光觀眾可以大喊並大唱，
因為演出很熱情，氣氛歡樂似天堂！

1998 「綠光 PUB 劇場
　　——台北秀秀秀」

導演／羅北安　演員／蔡振南、蔡詩萍、李永豐、趙自強、汪用和、林秀美、那維勳、林于竣、劉亮佐等
特別客串／吳念真、趙少康、周玉蔻、于美人、伍佰、鄧安寧、陳昇

1999 新世紀綠光最具創意的黑色喜劇
「黑道害我眞命苦」

劇場中最情感豐富的暴力美學，
創造出連總統也蒞臨觀賞的絕妙好戲。

999 「黑道害我眞命苦」

導演／吳念真　演員／黃韻玲、李永豐、柯一正、吳淡如、李淑禎、蕭言中等

2001 綠光眞情溫馨喜劇
「人間條件」

吳念真要用最親近的語言和觀衆對話
綠光深情呼喚「千萬要堅強！千萬要幸福！」

2001「人間條件」

導演／吳念真　演員／吳念真、柯一正、蔡振南、江霞、六月等

2002 青春的故事・成人的童話
「青春小鳥」

每個人的背後都有故事，每個人都會哭。
只是有人哭在腹肚裡，流到褲腳下……

2002 「青春小鳥」

導演／陳希聖　演員／丁也恬、王玥、萬芳、張本渝、朱安禹、羅北安等

2002

眞性情眞女人最露骨的告白
「愛情沸點八度半」

四個女人的生活交集
四個世代、四種觀念、四樣性格、四份感情

2002 「愛情沸點八度半」

導演／李永豐　演員／鍾欣凌、聶雲、陳希聖

2002 男女新話題，幽默嘲諷的歌舞脫口秀
「綠光 PUB 劇場 II
——台北秀秀秀」

整死老闆的 50 種方法、晚上不睡覺的人
男人羨慕女人什麼，女人羨慕男人什麼……

2002 「綠光 PUB 劇場 II
　　　──台北秀秀秀」

導演／李永豐　演員／楊潔玫、梁家蓉、王維明、王道南、陳以文、王道揚等

2002 最想說的話、最懷念的人眞情演出
「陪你唱歌」

大膽運用全白舞台及大量影像投影，
更將演員內心獨白，表現出寫意的畫面。

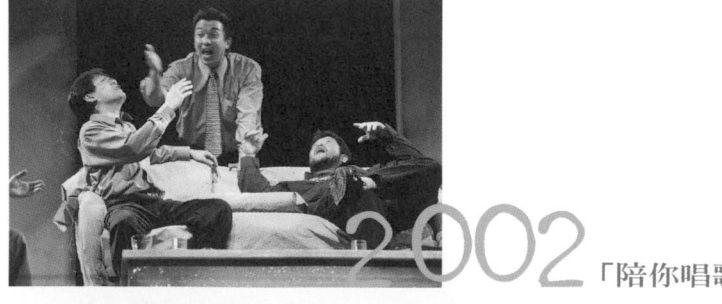

2002 「陪你唱歌」

導演／吳念真　演員／黃韻玲、李永豐、柯一正、鍾欣凌、唐美雲、簡志忠、謝瓊煖等

2003　綠光「留戀人間，再看一眼」眞情喜劇
「人間條件」

因為他的一句話，她一定要重返人間。
因為她的出現，每個人的人生有了重大改變。

2003「人間條件」

導演‧演員／羅北安、姚坤君　原著／Bernard Slade

2003 延續二十五年的外遇喜劇
綠光世界劇場 I
「明年此時」

綠光劇團首度搬演世界劇場作品
最持久的外遇經驗，最耐人玩味的彩色幽默。

2003 綠光世界劇場 I「明年此時」

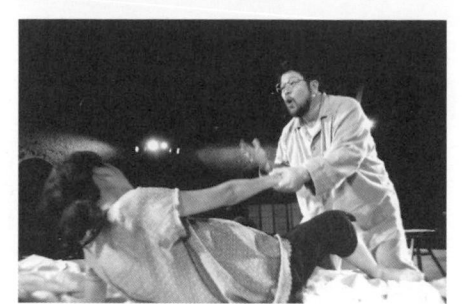

導演／李明澤　原著／William Saroyan、John Guare　演員／羅北安、鍾欣凌、林郁智等

2003 你我之間的愛情故事
綠光世界劇場 II
「愛情看守所」

關於「愛情」，有說不完的故事、聽不膩的歌，
男男女女都逃不出「心」的監牢，與「愛」的枷鎖……

2003 綠光世界劇場 II「愛情看守所」

www.booklife.com.tw   reader@mail.eurasian.com.tw

在劇場中，看見綠光——綠光劇團十周年　看戲隨筆

文　·　圖／綠光劇團
發 行 人／簡志忠
出 版 者／圓神出版社有限公司
地　　址／臺北市南京東路四段50號6樓之1
電　　話／（02）2579-6600・2579-8800・2570-3939
傳　　真／（02）2579-0338・2577-3220・2570-3636
總 編 輯／陳秋月
主　　編／林慈敏
專案企畫／李嬰婷
責任編輯／曹珊綾
校　　對／李立亨·陳衍如·曹珊綾
美術編輯／劉語彤
排　　版／莊寶鈴
印務統籌／劉鳳剛·高榮祥
監　　印／高榮祥
經 銷 商／叩應股份有限公司
郵撥帳號／ 18707239
法律顧問／圓神出版事業機構法律顧問　蕭雄淋律師
印　　刷／龍岡數位文化股份有限公司
2004 年 5 月　初版